UM
ANO DE
HISTÓRIAS

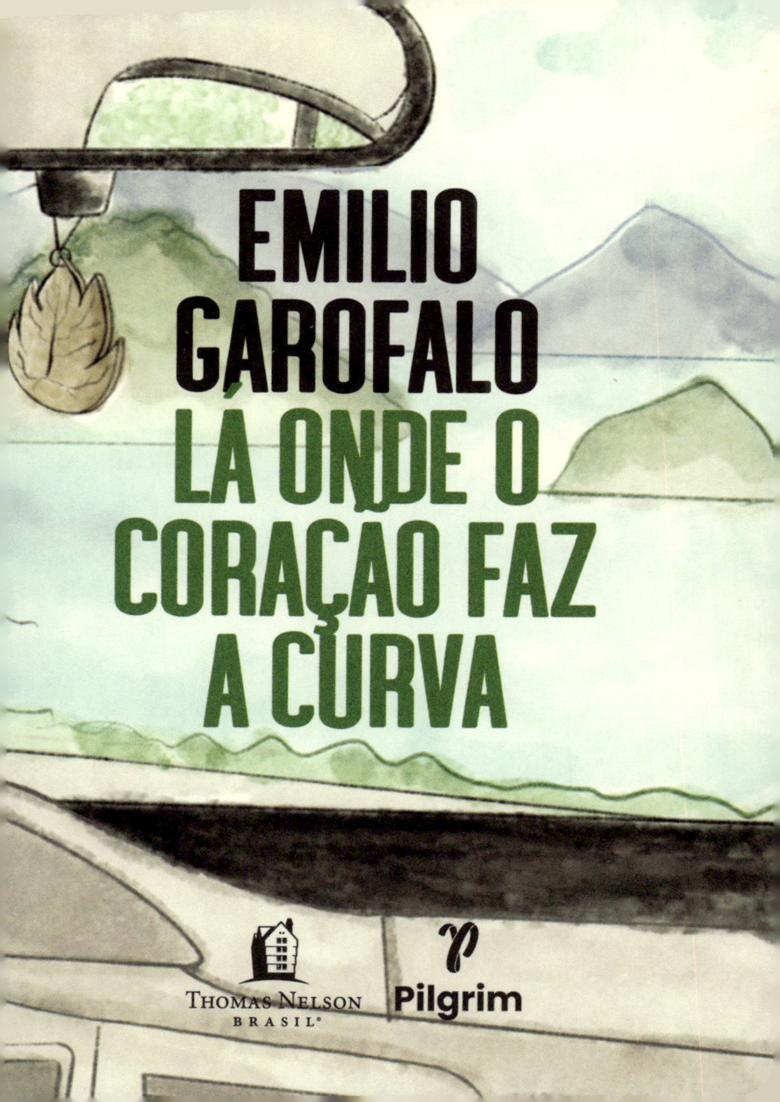

EMILIO GAROFALO

LÁ ONDE O CORAÇÃO FAZ A CURVA

THOMAS NELSON BRASIL®

Pilgrim

APRESENTAÇÃO DA COLEÇÃO

Este é um livro de meu projeto "Um ano de histórias". Há anos tenho encorajado cristãos a lerem e a produzirem histórias de ficção. O prazer de ler e escrever ficção é algo que está em meu peito desde a infância. Falo muito sobre o assunto num artigo disponível online chamado "Ler ficção é bom para pastor".[1] Nele, conto um pouco de minha história como leitor, bem como argumento acerca da importância de cristãos consumirem boa ficção.

É claro, para que haja boa ficção, alguém tem de escrevê-la. Tenho desafiado várias

---

1 *Disponível em: http://monergismo.com/novo/livros/ler-ficcao-e-bom-para-pastor/*

pessoas a tentar a mão na escrita e, para minha alegria, alguns têm aceitado e produzido material de ótima qualidade. E aqui estou também, dando o texto e a cara a tapa. Este projeto é minha tentativa de contribuir com boas histórias. O desafio seria trazer ao público um ano inteirinho de histórias, lançando ao menos uma por mês ao longo do ano de 2021. No final das contas, são 14 livros. Há, é claro, muitas outras histórias ainda por desenvolver, sementes por regar.

As histórias do projeto podem ser lidas em qualquer ordem. Vale notar, entretanto, que embora não haja uma sequência necessária de leituras, elas se passam no mesmo universo literário. Não será incomum encontrar referências e mesmo personagens de um livro em outro. De qualquer forma, deixo aqui minha sugestão de leitura para você, caro leitor, que está prestes a se aventurar nesse um ano de histórias:

> Então se verão
> O peso das coisas
> Enquanto houver batalhas
> Lá onde o coração faz a curva
> A hora de parar de chorar
> Soblenatuxisto
> Voando para Leste
> Vulcão pura lava
> O que se passou na montanha
> Esfirras de outro mundo
> Aquilo que paira no ar
> Frankencity
> Sem nem se despedir e outras histórias
> Pode ser que eu morra hoje

Tentei ainda me aventurar por diversos gêneros literários. De romances de formação à literatura epistolar, passando por histórias de amor, *soft sci-fi*, fantasia e até reportagens. Ainda há muitos gêneros a serem explorados. Quem sabe em outro projeto. Se as histórias ficaram boas, só o leitor poderá dizer. De qualquer forma, agradeço imensamente pela sua disposição em lê-las.

LÁ ONDE O CORAÇÃO FAZ A CURVA

Uma viagem de carro pode mudar muito. Com suas curvas, lanches, irritações e deleites, uma viagem pode mostrar quem somos. Um pai e seu filho enfrentam uma sonhada *road trip* pela Rio-Santos. Em meio a mariscos, areia, saudades e mal-entendidos, o que poderemos encontrar lá, nessas míticas curvas?

Neste livro, decidi me aventurar por um gênero muito gostoso e bem-estabelecido, a *road trip*. Uma história que se passa ao longo de uma viagem. Talvez uma das mais famosas seja *Pé na estrada*, de Jack Kerouac. Outro livro que facilmente se encaixa nesse gênero é o belíssimo *Na natureza selvagem*, de Jon Krakauer. De certa forma, poderíamos considerar até mesmo *O senhor dos anéis* como uma *road trip*, não? E, claro, a *Odisseia* de Homero! O que pode acontecer numa viagem? Como podemos ser mudados? O que se passa dentro do peito quando os olhos saem do rotineiro? Nesta pequena história, você vai ver uma *road trip* há muito tempo planejada finalmente sair do papel. E, quem sabe, por meio de viajar com os personagens, você consiga ver algo também. Boa viagem!

LA

1
UM TELEFONEMA, UM PLANO E PÉ NA ESTRADA

"Sério, pai? Vamos mesmo? A lendária *road trip* dos italianos-mineiros mais famosos do Brasil vai sair?", eu disse entre a desconfiança envelhecida e a esperança ainda ingênua. Afinal, bem mais de duas décadas de ideias e projetos nunca realizados geram certo ceticismo saudável no coração do jovem adulto. Mas o tom saiu mais mordaz do que eu queria.

"Sim. Estou vendo as passagens para Guarulhos. Preciso de seu RG. Já peguei os dados do Danielle para a passagem dele. Para você fica melhor sair do Santos Dumont mesmo, certo? Tenho algumas opções de data", respondeu meu pai, sem ligar para o meu sarcasmo de filho mais velho.

A *road trip*. Papai e seus filhos, Andrea (eu) e Danielle. Sim, filhos. Na Itália, Danielle, bem como Simone, Andrea, Rafaelle e muitos outros são nomes de homem. E papai, orgulhosíssimo de sua origem italiana, quis assim. Claro, ele até imaginou que não seria fácil para nós, mas o fez mesmo assim. O mundo que aprendesse. Ele era desse tipo de pessoa. O Danielle preferia ser conhecido como Dani, apenas. Eu, Andrea, era Dé.

Meu pai, viúvo à época, estava morando em Porto Alegre, não sei dizer se feliz ou não. Desconfio de que ele nem sequer estava preocupado sobre seu estado de felicidade. Os filhos iam existindo, eu no Rio, e meu irmão em Belo Horizonte, cidades onde nos desdobrávamos entre estudo e trabalho. Como é que começa mesmo o livro *Anna Karenina*? "Todas as famílias felizes são iguais.

As infelizes o são cada uma à sua maneira." Algo assim. Acho que nossa família é infeliz, à sua própria maneira. Uma infelicidade que sempre esteve por aí, mesmo antes de mamãe falecer. Ela carregava consigo muitos pesos, e meu pai, por anos, lutou para aliviá-los. Enquanto ela vivia, ele viveu para ela. Depois que ela morreu, ainda um tanto jovem, todos nós ficamos atolados numa espécie de marcha lenta. Um senso de que não há muito o que esperar da vida. Não vivíamos amargurados, não. Não pense isso. Apenas somos, sem ela, um pessoal comum sem grandes expectativas ainda restantes para esta vida. Três pessoas que se amam sem muito alarde, e se querem bem, e que há anos não têm mais o tempo juntos que sempre quiseram ter. E têm umas cicatrizes também, embora sejamos bons em fingir que não.

O plano era antigo: fazer uma *road trip* juntos. Fantasiamos sobre isso durante anos, conversando animados sobre como seria gostoso. Os planos abstratos foram muitos e mais ou menos mirabolantes. Um plano, que surgiu ao assistirmos a uma animação da Pixar, foi o de ir da Costa Leste à Costa Oeste nos Estados Unidos, atravessando o país de carro. Nunca concordamos se seria melhor cruzar numa diagonal descendente a partir de Boston e terminando em Los Angeles, ou numa ascendente começando em Miami e terminando em Seattle. Eu e mamãe éramos a favor de terminar em Los Angeles, na roda-gigante do Pier de Santa Monica. Por alguma razão, nem sequer considerávamos a opção de ir de Oeste para Leste. Essa quase saiu do papel, chegamos a tirar os vistos. Mas naquele ano o Dani perdeu o emprego e, com isso, as férias. Ao começar um emprego em uma nova academia da cidade como professor de karatê, não tinha mais direito a férias e assim o cronograma bagunçou todinho. Ficou para outro ano, e esse nunca chegou.

Outras ideias eram ainda mais abstratas. Dirigir de Santiago, no Chile, até a Patagônia. Uma viagem rumo ao fim do mundo. Ou de Santiago a São Paulo, cruzando os Andes. Ir de Oslo até o Nordkapp na Noruega, e depois voltar descendo pela Finlândia, de preferência na época da aurora boreal. Sonhos, só isso. Mesmo algumas viagens mais plausíveis, como ir de São Luís, no Maranhão, até Salvador foram sonhadas, pesquisadas, descartadas e enterradas no quintal da sensação sufocante de que nunca levam nada adiante na *famiglia*.

Dessa vez, para a minha surpresa, tudo indicava que ia sair. Eu não lembrava de ver o velho tão determinado. O plano era simples. O pai nos encontraria no aeroporto em Guarulhos, onde alugaríamos um carro para descer a Serra do Mar e fazer o tão sonhado trajeto da Rio-Santos. Não seria exatamente o trajeto todinho. Começaria já em Bertioga, seguindo na direção do Rio de Janeiro, mas apenas até Paraty, de onde subiríamos a serra voltando pela Dutra até São Paulo. De lá, cada um pegaria um voo para o seu aeroporto, e a vida seguiria. A ideia era fazer isso sem pressa, em quatro ou cinco dias. O pai disse que pagaria por tudo, menos pela cerveja. Planos feitos, passagens compradas, data separada. Diferentes níveis de empolgação, em ordem decrescente de acordo com a faixa etária.

Minha ponte aérea do Santos Dumont para Guarulhos chegava bem mais cedo do que o voo do pai. Almocei no aeroporto. Fiz uma pequena extravagância e comi no Olive Garden. Que delícia de *bread sticks*! Eu, que prezava pela paz da solidão, me preparava mentalmente para passar umas 150 horas acompanhado daquele homem a quem eu amava, mas cuja companhia por vezes era exaustiva.

Fui para o desembarque com minha mala verde de mão comprada em Bruxelas. História para outro dia. O pai pousou. "Falcão velho está na floresta", me escreveu pelo telefone. Saindo do desembarque, me viu. Olhou-me como sempre me olhava: com gosto. Rapaz bonito que só, esse filhão dele. Abraços saudosos. E então a pergunta que eu temia. "Cadê o Danielle? O voo de BH atrasou? Lembro que daria para almoçarem juntos."

"O Dani não vem, pai. Até ontem ainda estava em dúvida, mas hoje acordou decidido a não vir. Disse que tem muita coisa para resolver da faculdade, do estágio, da namorada, da academia..."

A decepção no semblante do velho era óbvia. Mas ele não a expressou em palavras.

"Bem, vamos então, filho." Só quem viveu com aquele homem por anos sabe detectar a decepção em sua voz. Um homem que se acostumou a lidar com muita coisa pesada e difícil, sem perder o charme e a fé.

"Ele falou que vai entrar em videochamadas o tempo todo para ver o caminho, e sentir que está com a gente, e a gente com ele."

"Que bom! Isso vai ser ótimo", disse meu pai com uma misericórdia que não sei se realmente sentia, mas meramente por intencionar sentir já era valiosa.

Passamos na Localiza e pegamos nosso Chevrolet Paragon (o sonho seria um Aston Martin, é claro, mas a grana estava bem contadinha). Iríamos dividir as tarefas. Quem não estivesse dirigindo tinha de cuidar da *playlist* e de abrir os pacotes de amendoim japonês, jujubas etc.

Fomos pela Dutra até a saída para Mogi. O clima estava nublado lá fora e dentro do carro sentia-se isso também. Mandei uma mensagem para o Dani, pedindo para ele entrar online, pois o pai estava visivelmente melancólico devido ao plano ter mudado. Danielle chamou em vídeo. O sinal não estava muito bom. Mas, entre chiados e travamentos de imagem, deu para fazer um pouco de luz entrar.

"Oi, pai! Já estão na estrada?", perguntou o Dani. Não dava para saber bem onde ele estava, mas tinha muita gente passando por perto. Parecia algum parque. Ninguém tocou no detalhe da ausência filial.

"Oh, filho. Que bom te ver! Estamos, sim. O tempo não está muito bom, mas o carro tá um aço. Ouve só a pantera!"

Ele deu uma baita acelerada na Dutra. Uma das coisas que unem nós três é a paixão por carros e automobilismo. O pai sempre foi bom em desarmar situações tensas. E todos sorrimos tranquilos com a tensão não esquecida, porém desativada. O Dani se despediu e prometeu entrar online sempre.

Nem se deu ao trabalho de apresentar alguma desculpa, não.

O pai começou dirigindo e nos enrolamos um pouco ali por Mogi, procurando a estrada para descer a Serra do Mar. Com um McDonald's estratégico para tapear a fome rumo aos camarões que por certo nos aguardavam.

Não tem como eu descrever para você tudo o que se passou naqueles dias. Foram muitos eventos, alguns até meio inacreditáveis. Algumas piadas só têm graça no contexto em que aconteceram e viram fumaça longe do mar. Mas farei meu melhor para que você entenda algo do que se deu naqueles dias que mudaram tudo.

2
DE GUARULHOS À BARRA DO UNA

E fomos serra abaixo. A descida via Mogi é linda. Claro, não é um estradão como a Rodovia dos Imigrantes, mas é bem-cuidada e tem belas vistas. Infelizmente as tais belas vistas estavam todas impedidas pela neblina na serra. A descida foi tensa; o pai dirigindo e eu procurando no rádio alguma coisa para ouvir. Eu não tinha preparado uma "*playlist* do que move meu coração", como o velho tinha pedido. Foi mais por má vontade do que por falta de tempo mesmo. Essa insistência dele em recuperar algum tempo perdido, ou sei lá o quê, estava me irritando um pouco. Foi meio do nada que surgiu essa ideia da *road trip*. A gente não falava nisso desde o tempo em que mamãe era viva. E, tirando algumas conversas sobre futebol, carro e ficção científica, a gente não tinha muito assunto.

O plano para o dia era simples. Descer até Bertioga, dar uma cheirada no mar, passar pela Riviera de São Lourenço e chegar até Barra do Una.

Chegamos ao litoral depois de uma horinha de estrada. O pai meio decepcionado (dava para sentir) com a ausência do Dani e com a ausência de uma *playlist* minha, mas feliz com o mar. Para quem cresceu e viveu longe do litoral, como ele, o mar tem sempre um atrativo diferente. Eu, vivendo no Rio há alguns anos, nem me espanto muito mais.

Estacionamos e fomos de chinelo pisar na areia um pouco. Ali na praia de Maitinga. Meu pai estava bem feliz. Cada um com seu picolé de limão. O dia estava nublado mes-

mo, e nem teríamos tempo de um banho de mar prolongado. Era só de passagem. Meu pai tirou do nada uma das suas famosas curiosidades históricas.

"Filho, você se lembra de ter lido sobre Josef Mengele?"

"Não era um dos perversos de Hitler? Médico monstro ou algo assim..."

"Anjo da morte. Mas, sim, um médico e um monstro. Realizava experiências indizíveis lá no campo de concentração de Auschwitz. Tem coisas que li sobre ele que até hoje me dão sonhos ruins."

"Certo... e o que tem ele?"

"Depois da guerra, ele fugiu para a América do Sul. Ficou inclusive anos escondido aqui nessa região."

"Como assim?! Eu nunca soube disso. E o que foi feito dele? Vamos caçar o nazista?"

"Ele se afogou nadando aqui no mar de Bertioga. Claro que tem diversas teorias: se ele se afogou mesmo ou se o afogaram. Seja como for, esse mar aqui foi instrumento de Deus para matar aquele monstro. Eu lembrei disso tudo agora há pouco. Deus tem seus jeitos. A gente se esquece de que não faltam recursos para Deus. Que tudo está meio encaminhado para um final, e Deus pode mudar tudo."

Voltamos ao carro e dirigimos até a badalada Riviera de São Lourenço. Pertinho, alguns poucos quilômetros. Aquele ainda era um trecho bem plano da Rio-Santos. Nada de vistas dramáticas por enquanto. Rodamos por São Lourenço por cerca de uma hora, vendo os condomínios e um bom número de turistas. E o pai veio com uma surpresa.

"Sabia que sua mãe e eu quase mudamos para cá? Você era recém-nascido. A vida estava muito louca, e a gente pensou que seria bom sair daquela agitação toda e viver uma vida quieta e ordinária. Tem dias em que isso é tudo que a gente quer. Acabamos não o fazendo, mas chegamos até a vir nessa região olhar apartamentos."

"Não mudaram por quê?"

"Emprego. Nem eu, nem ela conseguimos nada na região, e logo os preços de moradia subiram, e abandonamos a ideia."

Os próximos quilômetros foram sem muito papo. Admirando a vista, lidando com o trânsito. Passamos por Boraceia, Jureia e chegamos no final da tarde à Barra do Una. Essa pequena joia ainda é relativamente pouco conhecida, até pelos paulistanos. O rio Una chega ao mar por ali, e a praia fininha fica sanduichada entre oceano e rio. O local tem uma boa estrutura de barracas e esportes náuticos, tanto para o lado doce como para o salgado.

Pegamos uma pousada a 100 metros da praia. Trocamos de roupa correndo e, sem perder tempo com filtro solar, corremos para entrar no mar. A temperatura da água em fevereiro ainda estava razoável, e a alegria do velho dando trombada em algumas ondas, furando outras e até mesmo arriscando um jacaré ou outro fizeram minha tarde. Eu sou mesmo meio duro com ele. Admito. Tem muita coisa nele que me irrita. Algumas eu já vi no meu espelho de casa, o que só piora. Outro dia, num restaurante em Copacabana com uns amigos, eu me flagrei falando com o garçom do exato mesmo jeito que ele faz. Fiquei abismado com aquilo.

Uma horinha de banho de mar e relaxamento na areia. Comemos um lanche numa das barracas e fomos para o quarto. A Pousada das Pantufas era bem gostosinha, e nosso quarto, espaçoso. Mostramos o quarto e a praia para o Dani por videochamada. Achamos um restaurante servindo um badejo bem honesto e fomos descansar. O pai dormiu antes das 21h, e eu saí para bater perna um pouco. Andei pela praia até o ponto onde o rio encontra o mar. Fazia tempo que não olhava para o mar, mas olhar mesmo. Não morava perto da praia no Rio, mas com frequência via as praias lotadas, os biquininhos, os marombeiros, os cachorros, os vendedores e os pivetes. Olhava para tudo aquilo quase como quem assiste ao circo: com interesse, mas sem vontade de ser parte. Ali naquela noite, entretanto, fui lembrado do poder do mar. Barra do Una fica bem silenciosa depois das 22h. Ainda mais ali naquele cantinho. O mar misterioso me fez lembrar de um trecho de Fernando Pessoa que eu declamara certa vez numa peça de teatro sobre as navegações.

Ó mar salgado, quanto do teu sal
São lágrimas de Portugal!
Por te cruzarmos, quantas mães choraram,
Quantos filhos em vão rezaram!

Quantas noivas ficaram por casar
Para que fosses nosso, ó mar! Valeu a pena?
Tudo vale a pena
Se a alma não é pequena.
Quem quer passar além do Bojador
Tem que passar além da dor.
Deus ao mar o perigo e o abismo deu,
Mas nele é que espelhou o céu.

Pessoa era meu poeta favorito desde sempre. O povo costuma focar a parte da alma ser ou não pequena. Eu acho mais interessante o outro pedaço. O ideal de passar o Bojador. Aquele ponto no litoral oeste da África onde simbolicamente o navegador, indo para as Índias a partir da Europa, faria a curva que marcava uma nova etapa. Um local traiçoeiro onde muitos marinheiros se perderam para sempre. "Quem quer passar além do Bojador tem que passar além da dor." Está certo, seu Fernando. E, sim, o mar é cheinho de perigos, mas é onde o céu está espelhado. A Lua naquela noite se espelhava de um jeito imponente. E eu senti algo que há muito não sentia. Queria que o pai estivesse ali para eu mostrar aquilo para ele. Lamentei que ele já tivesse ido dormir. Fiquei lembrando de quando, lá pelos meus 7 ou 8 anos, eu chamei o pai e a mãe para irem até a janela, pois eu tinha localizado no céu as famosas estrelas Três Marias. Mostrei todo orgulhoso meu achado. Mamãe sorriu. Papai me disse que eu levava jeito para navegador, que era bom de me orientar pelo céu e pelas estrelas. Dormi enternecido por lembranças, ao som do mar e à luz do céu profundo, como escreveu um homem que se chamava Estrada.

3

DE BARRA DO UNA A SÃO SEBASTIÃO

O café da manhã era razoável. Nada que valesse a pena chamar o Dani para mostrar. Demos mais um mergulho e, por volta das onze horas, deixamos a pousada para pegar estrada novamente. Dessa vez o motorista seria eu. O plano era ir até São Sebastião.

No caminho, optamos por não parar em Juqueí e seguir na Rio-Santos. O prazer de dirigir era algo que todos nós partilhávamos. Chamamos o Dani, e ele ficou com a gente por uns 20 km, conversando sobre coisas sem importância e repetidamente dizendo que queria estar com a gente. Eu acho que ele estava meio arrependido de não ter vindo. Ele me perguntou logo cedo, privativamente, se estava tudo bem e eu respondi de um jeito do qual depois me arrependi. Disse que, “tirando as *chaturas* do velho, tudo bem”. Por que não falei das partes boas? Do banho de mar, do badejo e do que aprendi sobre os planos de morar em São Lourenço?

O plano era almoçar em Boiçucanga. Eu estava com saudade de dirigir em estradas. Houve um tempo em que rasguei tudo que é rota de lugar para visitar a partir de Belo Horizonte. O Dani foi junto em todas. O pai me acompanhou em uma para Ouro Preto e em uma para Governador Valadares. Ele tinha cismado que desejava subir o Pico da Ibituruna. Ele sempre cismava com coisas. Pelo que vovó dizia, foi assim sempre, na infância, na adolescência. Sempre fixava a mente num assunto ou moda e entrava de cabeça por uns meses, e depois meio que largava. Foi assim com aula de bateria (numa fase de rock pesado), com aprender italiano (querendo se conectar com as origens), e até uma fase arco e flecha ele teve.

O pai nunca foi desses de incomodar os filhos quanto à direção em si. Não ficava mandando prestar atenção, nem regulava a velocidade. Isso sempre foi tranquilo. O que não era tranquilo eram suas famosas *playlists*. E ele estava louco para estrear a que preparou para a viagem.

"Agora que é sua vez de dirigir, estou no comando musical. Preparei uma *playlist* só de *sea shanties*."

Falou assim, como se fosse algo que todo mundo sabe o que é.

"Como é, pai?"

"*Sea shanties,* filho. São canções típicas de marinheiros ou mesmo piratas. Músicas de melodia bem ritmada, gostosas de cantar em grupo e que falam da vida no mar. Eram muito usadas para motivar e sincronizar os marinheiros nas diversas tarefas que precisavam ser feitas no convés, ou onde fosse. Subir vela, puxar âncora, e assim por diante. Claro, tem umas que são mais de pirata mesmo. Elas invariavelmente falam da vida no mar e suas lutas. Como a gente está aqui na nossa equipe junto ao mar, achei que ia ser bacana. Comecei com uma chamada *Wellerman*. Escuta só."

E começou uma canção de navio. E *Wellerman* emendou em *Hoist the Colors* - que eu lembrava de ter ouvido em um dos filmes dos *Piratas do Caribe*. O pai cantou muito empolgado:

The King and his men
stole the Queen from her bed
and bound her in her bones
the seas be ours
and by the powers

where we will we'll roam
Yo ho, all hands
Hoist the colors high
Heave ho, thieves and beggars
Never shall we die

Não só empolgado, mas o velho cantava bem. Eu ria daquilo e achava meio absurdo, mas a empolgação dele era o máximo. Estava querendo que eu prestasse atenção nas letras; secretamente, tenho certeza, ele queria que eu aprendesse para que cantássemos juntos como se fôssemos um naviozinho pirata junto ao mar paulista.

"Escuta essa, Andrea. Se chama *A drop of Nelson's blood*. É muito bacana. Um puxa falando algo que na visão dos marinheiros não seria nada mal, como uma noite com as garotas, por exemplo, e a galera responde. E assim vai indefinidamente. Falando de uma coisa após outra que 'não seria nada mal'. Escuta."

E eu fui escutando meio incrédulo aquela *playlist*. Olhei para meu pai. O que é esse homem? É o Jack Sparrow brasileiro? Não, ele é responsável demais para isso.

Ele, é claro, quis me explicar sobre essa canção. "Filho, quando Horatio Nelson, o famoso Lord Nelson, foi morto na batalha de Trafalgar contra os franceses, seus homens decidiram levá-lo para um enterro com todas as honras em Londres. Para preservar o corpo, eles o colocaram num barril de rum, ou algo assim. Dizem que alguns marinheiros, supersticiosos que são, davam goladas do rum. Por isso, 'sangue de Nelson' se tornou uma gíria para rum. Aliás, hoje acho que vou tomar rum com Coca."

Assim era o pai. Uma longa explicação sobre algo que só ele no mundo todo sabia, misturada com uma *playlist* absurda. A conclusão de tudo isso era o que ele iria tomar no jantar. E fomos pela Rio-Santos, curtindo *sea shanties*. Confesso que comecei a gostar.

Fizemos um rápido desvio em Barra do Sahy, pois meu pai queria ver como era. "Quando adolescente eu tinha uma camiseta com nomes de praias diversas, e essa era uma delas. Sempre quis conhecer." Tomamos um picolé comemorativo ali (uva para ele, limão para mim) e seguimos.

O trecho até Boiçucanga seria ainda relativamente plano, bastante montanha só dali em diante. De fato, logo depois do almoço (um belo parmegiana) seguimos morro acima, com curvas e vistas impressionantes e um ou outro mirante. Como o sinal ficou ruim, não conseguimos mostrar aquele trecho para o Dani. O mais bonito dos mirantes era chegando a Maresias. Descemos do carro para esticar um pouco. Munidos de nossos telefones e água de coco vendida por um empreendedor local ali mesmo no mirante, ficamos observando o mar. Nisso, veio do sul uma tempestade de fim de verão, e a vimos traçar uma linda rota em direção a Maresias. Uma dança de sombras e sons. Fizemos muitas fotos. Aliás, a minha foto favorita dele tirei ali. A foto que melhor captura quem ele é. Com o mar ao fundo, um sorriso tímido e o coco na mão. Que lugar bonito. Desses que não se acanham de ser fotogênicos.

Para mim, o momento mais especial foi um desses de paixão partilhada entre pai e filhos. Logo após uma boa descida da estrada, a pista, lá na parte mais baixa, virou em curva para direita e rapidamente para a esquerda, começando a subir novamente. Assim que passamos a curva, nos olhamos animados e falamos quase juntos: "Eau Rouge". Parecia mesmo a famosa curva do incomparável autódromo belga de Spa-Francorchamps. Já havíamos discutido dezenas de vezes sobre as mais belas e desafiantes curvas do automobilismo mundial, e a sensação comungada naquele momento foi doce.

Falando em doce, vimos na estrada uma barraca vendendo balas de coco. O anúncio falava em dezenas de sabores diferentes. Compramos muita bala. Sabor Ouro Branco, com doce de leite, com Nutella, com Leite Ninho e até da pura.

E então o pai conseguiu estragar o momento. Bem quando estávamos devorando o primeiro pote, ele disse: "A Stephie adorava bala de coco. Não podia ver que me pedia para comprar".

E assim o velho nublou a experiência. Ele começou a namorar a Stephie no mesmo ano que minha mãe faleceu, em Belo Horizonte. Na época ainda morávamos todos juntos. Não estava sendo fácil para ninguém; tudo muito confuso. E meu pai não soube lidar bem com a questão. Disse que essa mulher fora uma antiga amiga dos tempos de mocidade no interior do estado. Eu e o Dani não gostamos dela, não gostamos de ele namorar, não gostamos de nada envolvido com aquilo. Ele acabou se casando com ela e mudando para Porto Alegre. Ela o largou uns meses depois. E aquele gosto de um caminho ruim que piorou o que já era difícil ficou na nossa mente. Pouco depois me mudei para o Rio, o Dani ficou em BH, e aquela família que precisava tanto uns dos outros depois daquele triste fim da mamãe se espalhou por aí. Eu, evidentemente, não gostava nem um pouco da Stephie. Desconfio, entretanto, que ela não era exatamente o problema. O clima pesou no carro. Não teve canção de pirata que aliviasse aquela falta de ventos.

Chegamos até São Sebastião. O município em si se espalha por várias praias. O que chamam de "centro" é a cidade propriamente dita. No centro não tem praias, mas tem uma região bem gostosa de pousadas e restaurantes. A ideia era jantarmos por lá e, na manhã seguinte, pegar a balsa para Ilhabela. Achamos nossa pousada, bem perto do centro da cidade.

Quarto bom e silencioso. Saímos para andar pela rua principal, bem em frente a Ilhabela. Que delícia de noite. Casais andando, crianças brincando num *playground*, *foodtrucks* e toda sorte de atividade gostosinha ali na avenida dr. Altino Arantes. Andamos duas vezes a extensão toda da rua antes de escolhermos um restaurante. Decidimos que iríamos totalmente de comida de boteco. Carne acebolada com pão, provolone à milanesa, fritas, calabresa acebolada e uns chopes para os heroicos motoristas da serra do mar.

Depois do jantar, eu e o pai fomos até a murada de frente para o mar. Eu nunca apreciei como meu pai se afastou de nós logo depois da morte da minha mãe. Não foi nada grosseiro, mas acho que lhe faltou sensibilidade. Eu fiquei, desde a tarde, mesmo naquele clima gostoso, curtindo a raiva. Acariciando o mal-estar e trazendo pequenas lembranças à mente que alimentavam a coisa ruim. E naquela noite eu tive uma pequena vingancinha.

Eu não havia planejado isso, mas a oportunidade apareceu e minhas garras se alegraram em cortar o coração do velho.

Estávamos debruçados numa mureta de frente para o mar, vendo os barcos ancorados. O pai falou:

"Filho, acho que a gente devia tentar ir ao estádio juntos de novo. Eu estava pensando que a gente precisa arrumar um jogo lá no Maraca. Afinal, já fomos juntos no Morumbi ver nosso São Paulo em meia dúzia de ocasiões... e no Mineirão, então, foram quantas vezes? Desde a sua primeira ida ao estádio para ver o Cruzeiro contra o Galo..."

Interrompi com uma satisfação afiada.

"Não foi a primeira."

"Não foi contra o Galo a sua primeira ida ao estádio? Acho que foi sim, eu, você e seu irmão, você ficou querendo uma camisa do Cruzeiro, e eu comprei mesmo meio contrariado pois queria você torcendo para o tricolor..."

"Não foi a primeira. Eu já tinha ido ao Mineirão com o Marco Antônio, nosso vizinho do 302. Ele e o irmão que tinha carro. Umas três semanas antes. Não falei nada na época pois sabia que você queria estar comigo na primeira... Mas naqueles dias eu fui e depois fingimos que a primeira foi contigo. E a mãe sabia." Não esperei nem um segundo antes do tiro de misericórdia: "E não diga 'nosso São Paulo', pai. Sou Zêro. Você sabe disso. Eu e o Dani."

Uns cinco minutos de silêncio e ele sugeriu que voltássemos para a pousada, pois logo cedo pegaríamos a balsa. Eu disse para ele ir e eu iria depois. Passei para tomar o rum com Coca que ele tinha falado que tomaria, mas esqueceu. Não tomei somente um, não.

4
ILHABELA

No café da manhã, o clima entre nós estava normal. Não éramos uma família que tratava das coisas. Será que éramos relapsos em tratar as questões, o que acabava por aumentar um pouco a tristeza de todos? Ou talvez fosse apenas o amor cobrindo. Não sei ao certo. É bem difícil diferenciar essas coisas. Quando a covardia em resolver parece amor em deixar para lá, a gente pode mesmo se confundir sobre se está sendo amorosamente valente ou confortavelmente medroso.

Saímos de carro. Era a vez de ele ser o motorista. O plano era gastar o dia passeando por

Ilhabela, sem muito roteiro definido. Ilhabela fica logo ali de frente para São Sebastião, com uma balsa bem organizada levando os veículos até o outro lado e voltando. Iríamos passar o dia e voltar, dormindo na mesma pousada da última noite.

Ficamos apenas 15 minutos na fila da balsa e embarcamos. Sei bem que no auge do verão essa travessia pode significar horas de espera, mas para a gente foi tranquilo.

Descemos do carro durante a travessia e ficamos vendo o mar. Barcos de pesca, iates de passeio, escunas de turismo e alguns navios de carga. Toda sorte de embarcação movimentando o espaço entre a ilha e o continente. Chegamos a Ilhabela e saímos da balsa. Queríamos ver várias praias; quando uma calhasse, ficaríamos por lá um pouco.

Chegando a Ilhabela, o clima já é diferente. Uma sensação de possibilidade no ar. Fomos seguindo para o sul da ilha, rodando no sentido anti-horário. Infelizmente não tem como dar a volta completa na ilha, ao menos não com veículos de passeio comuns. Mas nosso plano era ir até o final do asfalto.

Paramos nas seguintes praias: Praia da Ilha das Cabras, Praia do Oscar, Praia do Portinho, Praia da Feiticeira, Praia do Julião, até que escolhemos a Praia do Curral para o banho de mar. Em cada uma delas tomamos um picolé.

Na Praia do Curral, relaxamos na água gostosa do Atlântico. Fiquei boiando no mar um tempão e pensando no que fizera na noite anterior. Eu sabia que não podia deixar de falar sobre isso com ele. E sabia que seria doloroso, mas também que traria um alívio bom ao peito. É estranho pegar praia ali em Ilhabela, pois logo ali adiante está o continente. Não é como as praias usuais onde se tem diante de si a vastidão imensurável do oceano. É estranho dizer, mas aquilo me fez pensar em meu relacionamento com minha mãe em comparação àquilo que tinha com meu pai. Com ela havia sido algo imenso, impossível de conter. Quando ela morreu, foi como se meu coração se apagasse. Com meu pai havia amor, é claro. Mas era algo mais limitado, contido. Envergonha-me dizer, mas era como se desse para ver o final.

Almoçamos camarão e fritas num restaurante de frente para o mar. Tentei dividir a conta, mas ele não deixou. "E filho paga coisa para o pai, por acaso?" Fiquei meio que o dia todo esperando aparecer uma hora propícia para a conversa. O papo rolou sobre todo tipo de assunto. Futebol, cinema, política, automobilismo e o que mais viesse à mente. Eu, com medo de ele abordar o assunto difícil, ficava preenchendo cada silêncio com assuntos aleatórios.

Na balsa de volta, fomos para a mureta. O sol estava baixo. Aquela famosa hora dourada. Eu vi os olhos do velho fitando o entardecer vermelho e disse:

"Sinto muito por ontem. Eu falei com uma raiva que não tinha que estar ali. Até me surpreendi. E sinto muito por ter ido ao jogo sem você. O Marco Antônio convidou, e eu não tive coragem de dizer 'não'. Eu queria esperar para ir contigo, mas o medo de chatear meu amigo foi mais forte."

O pai ficou quieto.

"Tudo bem, filho. Tem muito que não sabemos um sobre o outro. Me fala mais de você. Vejo que seu irmão está firme no namoro dele com a Lalá. Ela é..."

"Completamente louca." Interrompi, e rimos gostosamente.

"E você, filho? Vejo que vai aí com trinta e poucos e sem nada firme."

Imaginei que viria um discurso sobre a importância de achar logo alguém, de criar logo raízes, de não ser exigente demais... Dei minha resposta-padrão.

"Ah, pai. Não vejo sentido em arrumar uma esposa só por arrumar. Só porque todo mundo diz que é o que tem de ser feito. Acho que faz mais sentido acontecer de eu conhecer alguém com quem deseje partilhar a vida e então eu me caso. Estranho quando vejo os amigos loucos por arrumar alguém, sem saber quem é esse tal alguém. Eu acho que um dia vou encontrar alguém que eu goste tanto, que não vou querer mais ficar sem. Aí eu me caso. Não acho que estar sozinho seja um problema. Embora eu saiba que muitos achem."

"Concordo."

Isso me pegou desprevenido.

“Mesmo?”

“Sim. Foi assim com sua mãe; esse desejo de estar perto e não largar nunca. Eu tive, é claro, paixonites e namoros de juventude. Comecei devagar, mas depois tive algumas namoradas. Mas foi sua mãe que me fez querer andar com alguém para sempre. Eu casei nesse espírito bom que você descreveu. Enquanto alguns amigos tinham em primeiro lugar o desejo de casar e pronto. Eu não. Meu desejo era estar com ela. Ela era o Cruzeiro do Sul no meu coração. Ela apontava os caminhos para as navegações do meu ser. E por isso casamos. Mas depois, quando ela morreu, muitos conselheiros disseram que eu não devia ficar sozinho. Que seria ruim para mim. Que a coisa certa a fazer era casar e ter alguém, mesmo que eu não gostasse muito. E cometi a tolice de casar com a Stephie. Ela queria. Eu estava livre. Todo mundo disse para largar de besteira e casar com ela.

Eu não gostava dela, não; apenas não tinha nada contra. Alguns meses depois de casarmos ela pulou fora. E eu nem sequer tentei impedir."

Eu nunca soubera que meu pai pensava igual a mim nessa questão. Quem é você, velho?

"Eu não sabia disso. Eu imaginava algo totalmente diferente..."

"Você achava que eu nutria algo pela Stephie desde o tempo de juventude e que, com enorme alegria, mal podia acreditar que sua mãe tinha ido e que eu era livre?"

"Algo assim."

Ele sorriu, melancólico. "Eu errei em não conversar com vocês sobre isso. Me perdoa. E, por alguma razão tola, achei que vocês prefeririam não ter esse peso de cuidar de mim na velhice. A gente pensa bobagem e segue pensando por não falar as coisas. Perdão, meu filho."

"Claro, pai."

Chamamos o Dani no vídeo e ele nos acompanhou no final do trajeto. A noite nos trouxe bastante camarão. A comida desceu bem melhor do que nas noites anteriores.

5
DE SÃO SEBASTIÃO A PARATY

Dia de mais estrada. Eu dirigindo de novo. O pai e sua *playlist* de *sea shanties*. O dia seria o mais puxado em termos de quilometragem. Nada muito longo, não. Cerca de 150 quilômetros até Paraty, já no estado do Rio de Janeiro. Mas o plano era ir devagar, aproveitando a estrada, parando em todo e qualquer mirante, comendo tudo o que desse vontade.

Logo depois de um belo café, com o melhor bolo de milho de todos os tempos, pegamos o rumo. Trânsito chatinho até Caraguatatuba, onde fomos à praia molhar os pés e comer um Chicabon. Teve um momento muito estranho.

Eu vi o meu pai olhando para a mesma morena que eu estava olhando. Acho que ela devia ser mais ou menos o meio da distância entre nós dois em termos de idade. Fiquei rindo daquilo. Tomando picolé com o velho e os dois bobos com a morena de bicicleta. Ele não viu que eu vi. Eu vi um homem que não parou de achar as pessoas bonitas. Sei que ele teria morrido de vergonha se me visse observando, então disfarcei bem.

Mais estrada. Muitas vistas bonitas, aquela mistura sensacional de mar, mata e montanha que faz essa região do mundo ser magnífica. A estrada é muito boa de dirigir. Segura, com pontos de escape, asfalto bem-cuidado. Pista simples, mas não passamos nenhum aperto não. Fizemos fotos de fazer inveja, e o Dani acompanhou a gente por um tempo. O pai pediu para ele colocar música lá na casa dele para servir de trilha sonora para aquele momento. O Dani, acho que meio envergonhado e arrependido de não ter ido, topou facilmente. Só rock e pop clássico dos anos 80/90. Fiquei imaginando se era mais por gosto próprio ou para agradar o velho. Seja como for, Bon Jovi, Metallica, Guns, U2 e Michael Jackson. O Dani mandou bem na seleção. Melhor que as músicas de pirata do pai.

Tocamos para Ubatuba, onde paramos para almoçar num *self-service* na praia de Perequê-açu. Boa mariscada. Coquinha gelada para os dois e partimos para o que avaliamos ser o trecho mais bonito da Rio-Santos, o caminho de Ubatuta a Paraty. São muitas as curvas da estrada que aparecem subitamente nos dando um vislumbre de ilhas, navios e de um mar sem fim. Teve um mirante, não lembro bem agora em que trecho, onde algo se passou. Falo ainda agora com certa timidez, pois a confusão de sensações foi muito forte. Sabe quando você está saindo do mar ainda molhado, e o vento te faz sentir frio ao mesmo tempo que o sol te faz sentir calor? Você está sentindo as duas coisas. Eu senti, ali ao lado do velho, no mirante, com picolé de coco escorrendo pelos dedos, um misto de deleite com confusão. Uma sensação de algo muito bom e muito estranho estar ocorrendo simultaneamente. Meu pai, do nada, diante do mar em centelhas, entre lambidas num Tablito, começou a declamar Fernando Pessoa:

O esforço é grande e o homem é pequeno.
Eu, Diogo Cão, navegador, deixei
Este padrão ao pé do areal moreno
E para diante naveguei.

A alma é divina e a obra é imperfeita.
Este padrão sinala ao vento e aos céus
Que, da obra ousada, é minha a parte feita:
O por-fazer é só com Deus.

E ao imenso e possível oceano
Ensinam estas Quinas, que aqui vês,
Que o mar com fim será grego ou romano:
O mar sem fim é português.

E a Cruz ao alto diz que o que me há na alma
E faz a febre em mim de navegar
Só encontrará de Deus na eterna calma
O porto sempre por achar.

Fiquei sem fôlego. Eu não lembrava de meu pai gostar de Pessoa. Então, instantaneamente dei-me conta de algo: que eu sou mais ele do que imagino. Será que gosto de Pessoa porque ele gostava e de alguma forma me ensinou sem eu me recordar de isso ter acontecido? Uma imagem de um livrinho desgastado de capa amarela e um navio na frente apareceu na minha cabeça. Que livro era esse? Algo que ele me deu? Algo que peguei dele para ler? Eu não lembrava de gostar de Pessoa por ele gostar. Mas faz todo sentido que seja assim. Como é que nunca conversamos sobre Fernando Pessoa? Será que esse mesmo tipo de coisa aconteceu com outras facetas da minha vida, dos meus hobbies e meus gostos? Será que há jogos ou filmes que gosto por imitação a ele? Ou quem sabe por mera oposição? Saímos quietos daquele mirante; os últimos sessenta quilômetros da estrada foram percorridos em um silêncio confortável. Quer dizer, sem contar os marinheiros cantando sobre rum, sereias, velas içadas e amores que se foram.

Chegamos a Paraty mais tarde do que havíamos planejado. Nossa pousada, Imperial, era bem próxima ao centro antigo. Largamos as coisas no quarto, um banho rápido e fomos ver o pôr do Sol lá no centro histórico, bem perto dos barcos de passeio que pululam naquelas águas. Andamos por aquele calçamento antigo de pedras. Minhas Havaianas estouraram enganchadas numa das pedras. Fui sacizando por uns 200 metros até acharmos uma loja que vendesse chinelos. Que chão quente! Não dava para ir pisando, não. Para minha surpresa, na loja em que fomos comprar novas sandálias, a vendedora reconheceu meu pai. Ela o conhecia dos tempos do interior de Minas. Tinham sido da mesma igreja ou algo assim. Não se viam há décadas. Perguntaram um ao outro sobre pessoas em comum, e eu fiquei ali atento, vendo meu pai falar nomes e relembrar experiências que eu nunca nem soubera nada a respeito. Fiquei com a impressão de que ele já foi apaixonado por ela em algum tempo. É estranho pensar que, quando entrei na vida dele, já haviam sido muitos os anos de sua peregrinação sobre a terra. A vida dele não começou quando cheguei, assim como a minha seguirá quando ele se for. Ao menos na ordem natural deste mundo nada natural.

Resolvemos tentar um restaurante tailandês ali no centro para o jantar. Sim, eu sei: se você está visitando Paraty, o que se imagina é comer um belo fruto do mar. E não tailandês. Mas o velho insistiu. Queria relembrar algo de quando ele e a mãe foram para a Tailândia. Confesso que não me anima muito saber mais dessa época. Mas foi gostoso o Pad Thai com camarão. Nós dois gostamos com bastante pimenta. Chamamos o Dani e ele ficou comendo miojo enquanto acompanhava a gente comer nosso jantar e contar sobre o que fizemos no dia.

Saindo do restaurante, já por volta das dez da noite, algo estranho aconteceu. Eu não sei dizer quem, mas alguém nos chamou. Falou nossos nomes. Numa daquelas ruas lá do centrinho. Não foi a velha conhecida do pai, não. Foi voz de homem. Chamando amistosamente. Nos olhamos e não vimos ninguém. Seguimos para a pousada respirando o ar úmido e quente, loucos para dar um mergulho na piscina ao chegarmos, mas já havia passado o horário. Fomos dormir com a boca ardendo, contentes e quase conseguindo esquecer aquele chamado misterioso.

6
DE PARATY A GUARULHOS

Saímos cedo da pousada para o que seria o trecho mais desafiador em termos de direção. Ele foi guiando. Iríamos deixar a Rio-Santos e subir a serra pela antiga Estrada Real que liga Cunha a Paraty. Trechos bem íngremes, sem acostamento, com visibilidade muitas vezes comprometida, mas com vistas incomparáveis. Quase todo o trajeto fica dentro do Parque Nacional da Serra da Bocaina. Aquela estrada foi por muito tempo parte da rota do ouro entre Minas e o Rio. Um bom trecho da estrada é de paralelepípedos, e o motorista precisa estar na ponta dos cascos. Fomos sem música, com vidros abaixados, ouvindo a mata. Uma hora e pouco de subida, um ou dois sustos em curvas e uma sensação bem gostosa quando chegamos ao topo da serra. O plano era fazer uma parada num local chamado Lavandário, na região de Cunha, antes de seguirmos até a Dutra e de lá voltar para Guarulhos.

Eu tinha sugerido ao pai para seguirmos pela Rio-Santos ao menos até Angra, ou quem sabe até mesmo o Rio de Janeiro, e ele me deixar em casa. Mas ele estava decidido a irmos só até Paraty e de lá subir por esse trajeto. Eu sabia que com ele tem coisas que nem adianta insistir. O velho estava com a ideia fixa de que queria conhecer o tal lavandário, e pronto.

Chegamos ao tal. Um local belíssimo, de fato, com muitas plantações de (óbvio) lavanda. Aquelas plantas alinhadas morro abaixo e acima formavam algo lindo de ver. Me senti no sul da França, ou algo assim.

Paga-se uma entrada e sobe-se uma colina muito íngreme com o carro ou a pé. Fomos de carro, e apesar de umas derrapadas, chegamos. Lá no topo dá para ver muito longe. Um mar de morros para todo lado que os olhos buscam.

O dia estava tranquilo, com alguns turistas para lá e para cá tirando suas fotos e absorvendo aquela beleza roxinha. Havia uma loja vendendo diversos produtos de lavanda e, claro, uma lanchonete. Lá tinha a opção de café com lavanda. Sim, adicionavam lavanda ao cafezinho. O pai riu muito, mas topou provar. Ainda cantarolou no estilo da música dos marinheiros: "Um cafezinho com lavanda não seria nada mal". A barista achou-o uma graça e pediu os nomes para escrever no copinho. Eu, já antevendo a confusão do(a) Andrea, me antecipei ao meu pai e falei "Dé", ao mesmo tempo que o pai disse "Éder". Rimos e quando ela chamou os nomes para o café, fomos andar pelo lavandário. "Café com lavanda. É cada uma!", ele riu. Eu achei razoável. Não era algo para beber sempre, mas de vez em quando. Ele achou um horror. Jogou fora e foi pegar outro café. Voltou satisfeito, e enfim fomos andar um pouco mais antes de voltar para a estrada. Dia quentinho, gostoso mesmo. Sol corando o rosto, mas sem queimaduras sérias.

Escolhemos uma das diversas trilhas entre as plantas de lavanda e fomos andando naquele aroma deslumbrante e leve. Debaixo de uma árvore, um banco sabiamente colocado para um respiro antes de subir um morro. Sentamos. Eu senti algo no ar. Por alguma razão, voltei a sentir velhas irritações.

"Filho, acho que aqui é um bom lugar para contar. Você sabe que não sou bom de falar das coisas. Acho que nenhum de nós na *famiglia* é muito bom de falar."

“O Dani é, sim. Se você tivesse lido o livro dele, teria visto a capacidade de ele se expressar. Ele é igual à mãe. Eu e você é que não somos.”

Silêncio envergonhado. Das duas partes.

“Tenta chamar o Danielle de novo.”

Vínhamos tentando a manhã toda, mas ou o sinal caía ou, eu acho, ele preferia não atender. Devia estar ocupado com algo enquanto eu me ocupava em fazer o papel dos dois filhos.

“Eu queria ter falado para os dois... eu queria ter estado com vocês dois aqui. Você sabe que sua mãe era louca por lavanda, não sabe? Ela falou muito em vir aqui. Mas era sempre escola, trabalho, pouco dinheiro, pouco tempo, pouca saúde nos últimos dias...”

Interrompi. Feridas ainda não muito secas, pelo jeito.

“É isso, pai? Uma parada para falar da culpa de não ter trazido mamãe aqui e me ensinar a não desperdiçar as oportunidades?", falei. E que raiva de mim mesmo e dele.

"Eu sei que tudo que envolve sua mãe é sensível... eu sei. Você entendeu errado. Eu trouxe sua mãe aqui. Ela me pediu e eu trouxe. Trouxe sim. Ninguém nunca soube, só nós dois. Ela não andava mais. Mas empurrei a cadeira de rodas dela até aqui neste exato lugar."

Fiquei sem jeito e virei o rosto para o sol, fechando os olhos e ouvindo.

"Quando foi isso?"

"Uns dois meses antes de ela partir. Quando fomos visitar o pessoal de São José dos Campos. Demos uma esticada até aqui."

"Ela deve ter amado esta vista", eu disse, com a voz febril.

"Amou, sim. Ela orou aqui, neste exato lugar onde estamos. A voz saiu tão débil aqui na terra, que deve ter soado alta lá no céu. Ela não pediu nada. Só agradeceu.

Agradeceu por Danielle e o seu jeito atencioso com ela. Agradeceu, pois sabia que Deus tinha feito dele um homem que faria qualquer coisa para proteger os dele e não ferir quem ama."

Pequena pausa para recuperação mútua de fôlego.

"Agradeceu por mim... e essa parte fica entre eu, ela e o Senhor."

Olhei para ele chorando e sabendo o que vinha.

"Ela agradeceu por você, Dé. Por você ser doce. Ela disse isso. Que você é de uma doçura tal, que o mundo não é digno."

"Dé..." Meu pai nunca me chamava de Dé.

"Saudades dela, pai."

"Eu também, filho. Mas isso eu vou resolver. Lembra naquele dia no Mineirão? Que saímos antes do final do jogo?"

"Sim. Estávamos perdendo o jogo, você preocupado com o trânsito e com as organizadas, eu e o Dani ainda pequenos, e você achou bom sairmos logo..." Dei uma risada gostosa com a lembrança. "Foi a gente chegar no estacionamento e ouvimos o gol de empate. A torcida enlouquecida e a gente enlouquecendo de não estar lá. Aos 44 do segundo tempo. E foi a gente ligar o rádio no carro e ouvir o gol da virada aos 48. Primeiro jogo no estádio, ganhamos, mas perdemos de ver a vitória."

"Bem, segundo jogo, você quer dizer." Ele disse, sem maldade. Apenas já havendo assimilado. Eu sorri. Ele continuou:

"Primeiro nosso, filho. Não é isso que importa? E sabe... eu sempre fui rato de estádio. Mas antes de ir contigo e com o Danielle, é como se eu nunca tivesse conhecido o amor de partilhar algo com alguém que a gente ama tanto, de um jeito que nem faz sentido imaginar que aquilo pudesse fazer sentido sem a pessoa. Não sei se estou fazendo sentido. Em resumo: eu quis de verdade não ter nunca ido antes, para que a primeira vez fosse contigo."

O choro estava bem largado ali naquele instante.

"Eu também queria, velho."

"Filho... eu também estou doente. Que nem sua mãe. Os médicos, vendo os sintomas e a coincidência de eu e sua mãe termos a mesma coisa, estão convencidos de que tem sim a ver com aquela viagem a Singapura e tudo o que aconteceu naquele verão biruta praquele lado do mundo."

"Pai, o que você está dizendo?"

"Eu vou sair do estádio antes de o jogo acabar, filho. Não vou ver você e o Danielle marcarem os muitos gols que eu sei que marcarão... Tenho uns seis meses no máximo. Fico feliz de que a primeira *road trip* tenha acontecido. Sei que o declínio vai ser rápido. Foi a primeira e foi a última... Como disse o Pessoa, *tem um porto sempre por achar. Vai chegando a hora de atracar.*"

Claro que o enchi de perguntas, entrei em negação, lamentei até o sangue que o Dani não tivesse ido. Lamentei não ter avisado o pai na véspera, alertando que Dani não iria. Talvez ele deixasse mais clara a importância da viagem. Se a gente soubesse que seria a primeira e a última, teria ido com mais afinco. Teria sim.

"Pai, me promete que você vai fazer de tudo para viver?"

"Filho, eu vou me cuidar sim. Mas por favor, entenda algo. Lembra do Lord Horatio Nelson? Da canção dos marinheiros? Tem uma história famosa sobre ele. Diferentemente de outros comandantes, ele era muito cuidadoso e amável para com seus subordinados. Tem uma carta de um de seus subordinados que é muito interessante. Sir Rob Stopford certa vez escreveu essa tal carta para sua amada. Ele estava longe de casa há muito tempo, nas Índias Ocidentais. E na carta ele fala: 'Estamos famintos, quase sem comida e cheios de inconveniências por estarmos já há muito tempo longe do porto. Mas a nossa recompensa é que estamos com Nelson'. Estar com Nelson era algo tão estupendo, que fazia qualquer agrura valer a pena. Eu sinto isso quanto à sua mãe. Enquanto estava com ela, aguentaria qualquer coisa. E a vida tem sido dura. Estou achando que é melhor nem insistir muito não. Estar com ela vai ser o melhor."

Foram uns dez minutos ali. Só isso. Um lugar que ficou marcado. Uma sombrinha com cheiro de lavanda e com a vista do mundo todo. Um lugar onde olhamos para frente juntos.

Ainda tinha muito chão pela frente, então seguimos. Na Dutra, perto de Taubaté, sentimos que o momento estava grávido para chamar o Dani pelo vídeo novamente.

"O que eu perdi?", perguntou o Dani. Ele sentia que estávamos estranhamente quietos. "Nada de mais." Não íamos contar aquilo ali daquele jeito. "Fico feliz por ter conseguido ir com vocês um pouquinho, seus feiosos. Vamos planejar uma para o ano que vem? Pensei em nos encontrarmos em Porto Alegre contigo, pai, e descermos até Montevidéu ou Sacramento." O pai não estava aguentando aquilo. "Vamos vendo, filhão. Vamos focar na estrada. Foi ótimo ter sua companhia em tantas vistas bonitas."

O Dani respondeu, pegando um casaco para sair para algum lugar: "Está bem. Vou indo. Quero saber de tudo o que perdi, hein?"

O que meu irmão perdeu? Ele perdeu o nada compartilhado por quem estava lá em carne. Ele leu nossas mensagens sobre o cheiro da couve-flor no prato tailandês, mas não ficou com aquilo grudado nas narinas. Viu imagens do pai descalço na pedra quente, mas não sentiu a pele arder a ponto de quase fazer bolhas. Ele perdeu por não estar. Esteve de forma excarnada. E não somos isso. Ele perdeu um milhão de pequenos detalhes que a mente nem sequer nota de fato: um cheiro de salsicha cozinhando na pousada em São Sebastião, um barulho de abelha no quarto em Paraty, um casal brigando por causa de um secador de cabelo atrapalhando a gente a dormir. O que se perde por não estar fisicamente é mais do que sequer se pode descrever. Ele perdeu a oportunidade de receber o que eu ganhei, um senso de que a vida começou antes de a gente nascer.

O pai começou a cantar. Sem muito ritmo e pouco afinado. Ele citou o velho Roberto:

Se você pretende
saber quem eu sou
Eu posso lhe dizer
Entre no meu carro,
na estrada de Santos
E você vai me conhecer...

Eu me juntei a ele e fomos cantando. Sobre amores que ficaram, sobre o apelo da velocidade, sobre corações que se encontram. No verso final, minha voz falhou e ele foi sozinho. Eu nunca mais consegui ouvir aquela canção. Ele terminou numa voz serena.

As curvas se acabam
E na estrada de Santos
Eu não vou mais passar.

7
UMA PONTE AÉREA

Nos despedimos no embarque, portão 221. Ele pegou seu voo para Porto Alegre. Combinamos mais ou menos de eu ir visitá-lo no feriado da Páscoa. Parti rumo à minha ponte aérea para voltar ao Rio. O voo nesse trajeto não vai muito alto, não. É bem curta a distância. Estava voando bem no pôr do Sol. O voo foi praticamente sobre o litoral. E eu, na janela, assombrado, revendo todo o trajeto. Ilhabela, enorme e linda. Ubatuba. Nossa Paraty, onde falamos em voltar um dia para descobrir o mistério da voz que nos chamou. Angra dos Reis, aonde não chegamos. Sempre haverá um ponto na estrada ao qual, mesmo quem se ama e andou junto, não vai chegar. Alguém acaba subindo a serra antes.

Em quarenta minutos refiz todo o trajeto que levara dias. Assim rodamos e assim voei. No caminho todo revendo as cidades, uma por uma, a 10 mil pés. Lembrando de tantas coisas que aconteceram e que nem tive tempo de detalhar aqui. Barra do Una e o incidente com o *snorkel*. Paraty e o insuportável vendedor de capinhas de celular. Ubatuba e o gato enfezado que nos enxotou da padaria. Ilhabela e o pedido de perdão. Muito mais picolé do que contei. Ainda tinha um pouco de bala de coco; fui comendo com a cabeça apoiada na janela, revendo aqueles dias.

Como é possível em quarenta minutos reviver uma semana? Bem, eu não deveria estranhar. Afinal, em menos de uma semana de carro revivi toda a minha vida junto de meu pai. Trinta e três anos, e finalmente estou entendendo que sou mais ele do que ele é ele mesmo. Que, o que eu sempre achei que era eu, em grande parte é somente ele refletido. E a imagem que tenho dele é, em grande parte eu me vendo nele. Como pode? Eu me enxerguei nele, fiz um reflexo de mim mesmo. Algumas facetas do meu pai só existiam na minha cabeça. Tem coisas que só são ativadas no coração quando a gente sai do nosso lugar. Essa viagem me moveu e me fez ver. É como se apenas fora de casa, com os olhos fitos na serra e os ouvidos escutando sobre marinheiros, pudéssemos nos ver. Como se fosse possível enxergar o que somos e o que é contexto apenas quando retirados do cotidiano. Eu precisei viajar pelas curvas da Rio-Santos para ver meu pai cintilar como o mar ao pôr do Sol.

Foi escurecendo e as cidades foram acendendo suas luzes. O céu começou a acender as suas também. Pessoa falou do mar espelhando o céu, mas a terra também estava fazendo isso. A cada uma que acendia, eu lembrava de minha mãe.

Um dia Deus perguntou para um homem sofrido se ele sabia dizer muito sobre o Órion e outras estrelas. O homem só fez calar. Se Deus perguntasse para a minha mãe a mesma coisa, eu sei que ela teria algumas coisas a dizer. Não em rebeldia, mas em alegre conversa.

Foi nessa viagem que meu coração fez a curva. Não foi descendo a serra e no mirante, entrevendo pela neblina Bertioga lá embaixo. Não foi rodeando Ilhabela, nem rodopiando com o chinelo arrebentado no calçamento antigo de Paraty. Não foi rodando de enjoo com a mariscada de Ubatuba, que não caiu muito bem. Nem com canções de marinheiro rodando na mente de forma deliciosa e enfurecedora. Nem mesmo com o coração girando de vontade de pegar o contato daquela morena de Caraguá e tendo vergonha de o meu pai ficar enchendo a paciência. Não. Meu coração fez a curva sentindo o cheiro de lavanda que sempre estava em minha mãe (eu tinha, por alguma razão, me esquecido desse aroma dela) e ouvindo meu pai falar a seu respeito e aceitando a morte se aproximar pela simples razão de que a veria de novo. Meu coração fez a curva em direção a meu pai. Meu Bojador. Passei além das dores. Vi o céu espelhado no meu pai. Vi aquele homem e me achei nele. De um jeito que eu nunca tinha visto antes. Eu o respeitei e admirei como nunca. Ele era um homem. Somente isso. Tudo isso.

AGRADECIMENTOS

Agradeço aos muitos apoiadores que tive ao longo do projeto. Agradeço aos leitores que sempre me encorajaram e desafiaram.

Agradeço a toda a equipe da Pilgrim e da Thomas Nelson Brasil: Leo Santiago, Samuel Coto, Guilherme Cordeiro, Guilherme Lorenzetti, Tércio Garofalo e muitos mais. À Ana Paula Nunes, que me deu a ideia de lançar um ano de histórias. Ao Anderson Junqueira pelo belíssimo projeto gráfico. À Ana Miriã Nunes pelas capas e ilustrações maravilhosas. Ao Leonardo Galdino, à Eliana e à Sara pelas revisões. À Anelise e Débora que por seu constante apoio fazem tudo ser mais fácil. Aos presbíteros e pastores da Igreja Presbiteriana Semear, por me apoiarem neste projeto.

Sempre há mais gente a agradecer do que a mente se lembra. Sempre um exercício prazeroso bem como doloroso.

Agradeço a todos os queridos com quem partilhei de *road trips*. Das grandes às pequenas. Que venham muitas mais. Agradeço ao Nilton e à Suzanna por importantes informações sobre Minas e sobre o Cruzeiro. Agradeço em particular a meu pai e a meu irmão, amados companheiros de muitas jornadas nesta terra e no porvir.

SOBRE O AUTOR

EMILIO GAROFALO NETO é pastor da Igreja Presbiteriana Semear, em Brasília (DF), e autor de *Isto é filtro solar: Eclesiastes e a vida debaixo do Sol* (Monergismo), *Redenção nos campos do Senhor: as boas-novas em Rute* (Monergismo), *Ester na casa da Pérsia: e a vida cristã no exílio secular* (Fiel), *Futebol é bom para o cristão: vestindo a camisa em honra a Deus* (Monergismo), além de numerosos artigos na área de teologia.

Emilio também é professor do Seminário Presbiteriano de Brasília e professor visitante em diversas instituições. Ele completou seu PhD no Reformed Theological Seminary, em Jackson (EUA), e também é mestre em teologia pelo Greenville Presbyterian Theological Seminary e graduado em Comunicação Social/Jornalismo pela Universidade de Brasília.

Emilio ama muito dirigir e deseja fazer muitas *road trips*.

Que tal ouvir
enquanto lê?
Separamos uma playlist que tem tudo
a ver com a série Um ano de histórias.

Revisão
Leonardo Galdino
Eliana Moura Mattos
Sara Faustino Moura

Edição
Guilherme Lorenzetti
Guilherme Cordeiro Pires

Capa e ilustrações
Ana Miriã Nunes

Diagramação e projeto gráfico
Anderson Junqueira

Dados Internacionais de Catalogação na Publicação (CIP)

G223e Garofalo Neto, Emilio
1.ed. Lá onde o coração faz a curva / Emilio Garofalo Neto.
– 1.ed. – Rio de Janeiro: Thomas Nelson Brasil;
The Pilgrim : São Paulo, 2021.
96 p.; il.; 11 x 15 cm.

ISBN : 978-65-5689-425-6

1. Cristianismo. 2. Contos brasileiros.
3. Ficção brasileira. 4. Teologia cristã. 5. Vida cristã.
10-2021/89 CDD B869.3

Índice para catálogo sistemático:
Ficção cristã : Literatura brasileira B869.3
Bibliotecária responsável: Aline Graziele Benitez CRB-1/3129

Pilgrim Serviços e Aplicações LTDA.
Alameda Santos, 1000, Andar 10, Sala 102-A
São Paulo — SP — CEP: 01418-100
www.thepilgrim.com.br

Este livro foi impresso pela Ipsis, em 2021, para a HarperCollins Brasil. O papel do miolo é pólen bold 90g/m², e o da capa é cartão 250g/m²